Das Geheimnis Seiner bleibenden Gegenwart

Andrew Murray

DAS GEHEIMNIS SEINER BLEIBENDEN GEGENWART

Brunnen Verlag · Basel und Gießen

Gestern gesagt – heute gefragt
Reihe «Geheimnisse des christlichen Lebens» Nr. 5

2. unveränderte Auflage
Übersetzung: Gertrud Gubler
Umschlag: Klaus-Harald Wever
© 1985 by Brunnen-Verlag Basel
Herstellung: Kirschgarten-Druckerei AG, Basel

ISBN 3–7655–5935–0

Inhaltsverzeichnis

Seine bleibende Gegenwart

✷

«Siehe, ich bin bei euch alle Tage bis an der Welt Ende»
(Matth. 28, 20)

Der Herr wählte Seine zwölf Jünger, damit sie «bei Ihm seien und daß Er sie aussendete, zu predigen» (Mark. 3, 14). Das gemeinsame Leben mit Ihm sollte sie für ihren Predigtdienst ausrüsten und dafür tauglich machen.

Die Jünger waren sich ihres großen Vorrechts wohl bewußt; darum wurden ihre Herzen auch traurig, als Christus von Seinem Weg- und Hingang zum Vater sprach. Christi Gegenwart schien ihnen unentbehrlich, ein Leben ohne Ihn nicht ausdenkbar. Als Trost gab Christus ihnen die Verheißung des Heiligen Geistes mit der Zusicherung, daß Seine himmlische Gegenwart sie in gewissem Sinne noch viel tiefer und inniger mit Ihm verbinden werde, als dies während Seines Erdenlebens der Fall gewesen war. Auch würde die Voraussetzung ihrer ersten Berufung dadurch in keiner Weise betroffen: Ununterbrochene Gemeinschaft mit Ihm würde auch fortan das Geheimnis ihrer Predigt- und Zeugenvollmacht sein.

Als Christus den Jüngern den Auftrag gab, in alle Welt hinauszugehen und das Evangelium aller Kreatur zu verkündigen, sagte Er zum Schluß: «Siehe, ich bin bei euch alle Tage bis an der Welt Ende.»

Der Grundsatz, daß ohne die Erfahrung Seiner bleibenden Gegenwart ihrer Verkündigung die Vollmacht fehlen werde, gilt für alle Seine Diener und zu allen Zeiten. Das Geheimnis ihrer Kraft lag in dem lebendigen Zeugnis, daß Jesus Christus jeden Augenblick bei ihnen war, sie anregte, leitete und stärkte. Das verlieh ihnen die Freudigkeit, Ihn inmitten Seiner Feinde als den Gekreuzigten zu verkündigen. Keinen Augenblick vermißten sie Seine leibliche Gegenwart; durch die göttliche Kraft des Heiligen Geistes war Er stets bei und in ihnen.

Im Dienste des Missionars und Pfarrers kommt es vor allem auf das von einem lebendigen Glauben getragene Bewußtsein der ständigen Gegenwart des Herrn bei Seinem Diener an. Die lebendige Erfahrung der Gegenwart Christi ist eine wichtige Grundlage der Evangeliumsverkündigung. Falls diese Sicht getrübt wird, wird die Arbeit zur menschlichen Anstrengung, ohne die Frische und Vollmacht göttlichen Lebens. Vollmacht und Segen aber kann man nur durch eine Rückkehr zu den Füßen des Meisters zurückgewinnen, dorthin, wo Er Seinen Dienern das gesegnete Wort einhaucht: «Siehe, ich bin bei euch alle Tage!»

✳

Christi Allmacht

✳

«Mir ist gegeben alle Gewalt im Himmel und auf Erden»
(Matth. 28, 18)

Bevor Christus Seinen Jüngern den erhabenen Befehl erteilte, das Evangelium aller Kreatur zu verkündigen, offenbarte Er ihnen Seine göttliche Macht als Mitarbeiter Gottes, des Allmächtigen. Im Glauben an diese Macht begannen die Jünger freudig und zuversichtlich ihre Aufgabe. Sie hatten Seine mächtige Auferstehungskraft, die Sünde und Tod bezwungen hatte, nun schon etwas kennengelernt und wußten, daß nichts, was Christus sie tun hieß, zu groß für Ihn war.

Kein Jünger Christi, dem es daran liegt, an dem die Welt überwindenden Sieg teilzuhaben, kann ohne Zeitaufwand, Glauben und Heiligen Geist zur vollen Gewißheit durchdringen, Diener eines allmächtigen Herrn zu sein. Als ein solcher muß er buchstäblich mit der täglichen Erfahrung von Worten wie z. B.: «Seid stark in dem Herrn und in der Macht Seiner Stärke!» rechnen. Worte der Verheißung wie diese wirken Mut zu freudigem, kindlichem Gehorsam.

Wohl hatten die Jünger die Macht Jesu hier auf Erden schon etwas kennengelernt. Doch war dies alles noch wenig im Vergleich zu den größeren Werken, die Er in Zukunft in ihnen und durch sie tun wollte. Jesus Christus hat die Macht, im allerschwächsten Seiner Diener die Kraft des allmäch-

tigen Gottes zu offenbaren. Ja, Er besitzt die Vollmacht, ihre scheinbare Unfähigkeit Seinen Absich-
ten dienstbar zu machen. Jeder Feind und jedes
Menschenherz, jede Schwierigkeit und jede Gefahr
wird von Ihm beherrscht.

Wir wollen aber nicht vergessen, daß wir diese
Kraft nie als unsere eigene erfahren werden. Nur
wenn Jesus Christus als lebendige Persönlichkeit in
uns wohnt und mit Seiner göttlichen Kraft in un-
serm Herzen und Leben wirkt, besitzt unsere Verkündigung die Kraft des persönlichen Zeugnisses.
Erst als Christus zu Paulus gesagt hatte: «Meine
Kraft ist in den Schwachen mächtig», konnte er
das, was er vorher noch nicht gewußt hatte, auch
wirklich bezeugen: «Wenn ich schwach bin, so
bin ich stark.» Ein Jünger Christi, der es einmal
richtig erfaßt hat, daß Christus alle Macht über-
geben worden ist, damit wir sie Stunde um Stunde
von Ihm empfangen, wird im Bewußtsein seiner
Bedürftigkeit die Kraft des kostbaren Wortes erfahren dürfen: «Siehe, ich bin bei euch alle Tage!
– Ich, der Allmächtige!»

✳

Christi Allgegenwart

«Ich will mit dir sein»
(2. Mose 3, 12)

Der erste Gedanke eines Menschen in seiner Vorstellung von einem Gott, wie beschränkt diese auch sein mag, ist immer verknüpft mit Macht. Der erste Gedanke der Heiligen Schrift über Gott dagegen ist verknüpft mit Seiner Allmacht: «Ich bin der allmächtige Gott.» Der zweite Gedanke mit Seiner Allgegenwart. Je und je verhieß Gott Seinen Dienern Seine unsichtbare Gegenwart. Und auf Sein Wort: «Ich will mit dir sein!» antworteten sie im Glauben: «Du bist bei mir!»

Als Christus zu Seinen Jüngern sagte: «Mir ist gegeben alle Gewalt im Himmel und auf Erden», fügte Er die Verheißung bei: «Siehe, ich bin bei euch alle Tage!» Der Allmächtige ist immer auch der Allgegenwärtige.

Der Schreiber des 139. Psalms spricht von Gottes Allgegenwart als von etwas, das sein Fassungsvermögen übersteigt: «Solche Erkenntnis ist mir zu wunderbar und zu hoch; ich kann sie nicht begreifen.»

Noch geheimnisvoller wirkt die Allgegenwart Gottes in ihrer Offenbarung durch den Menschen Jesus Christus. Wie kostbar wird uns da die Gnade, die uns befähigt, diese Gegenwart als unsere Stärke und Freude zu betrachten! Und doch fällt es manch einem Diener Christi trotz der ihm gegebenen Verheißung gar nicht leicht zu verstehen, was diese alles in sich schließt und wie sie in seinem täglichen Leben praktisch erprobt werden kann.

Wie überall im geistlichen Leben hängt auch hier alles ab vom Glauben an Christi Wort als einer göttlichen Wirklichkeit und vom Vertrauen zum Heiligen Geist, daß Er sie uns von Augenblick zu Augenblick offenbare. Christi Wort «alle Tage» möchte uns in der Gewißheit stärken, daß es in unserem Leben keinen einzigen Tag geben muß, an dem Seine beglückende Gegenwart uns nicht umgibt. «Alle Tage» aber will heißen: den ganzen Tag! Jeden Augenblick können wir mit Seiner Gegenwart rechnen. Dabei kommt es nicht so sehr darauf an, was wir dazu beitragen, sondern auf das, was Er für uns tut. Der allmächtige Christus ist auch der allgegenwärtige Christus; der Allgegenwärtige ist der Ewige, Unwandelbare. Und so gewiß Er der Unwandelbare ist, wird Seine Gegenwart als Kraft ewigen Lebens mit einem jeden Seiner Diener sein, die Ihm vertrauen.

Unsere Haltung muß sich durch einen ruhigen, getrosten Glauben und eine demütige Abhängigkeit auszeichnen gemäß dem Wort: «Sei stille dem Herrn und warte auf Ihn!»

«Siehe, ich bin bei euch alle Tage!» Möchte unser Glaube an Christus im Vertrauen ruhen, daß Er, der Allgegenwärtige, jeden Tag und jeden Augenblick uns als Seinen Augapfel behüten, uns den vollkommenen Frieden bewahren und das Licht und die Kraft schenken wird, die wir zu Seinem Dienst brauchen.

✳

Christus, der Heiland der Welt

✳

«Dieser ist wahrlich Christus, der Welt Heiland»
(Joh. 4, 42)

Allmacht und Allgegenwart sind das, was man na-
türliche Eigenschaften Gottes nennen könnte. Ihre
volle Entfaltung erlangen sie erst in der Verbindung mit Seiner Heiligkeit und Liebe. Als unser
Herr von der Ihm verliehenen Allmacht – alle Gewalt im Himmel und auf Erden – und Allgegenwart – Seine Gegenwart bei einem jeden Seiner
Jünger – sprach, zeigte Er ihnen, was Ihn zu dieser
Stellung berechtigte: Seine göttliche Hoheit als Heiland der Welt und Erlöser der Menschen. Weil Er
sich selbst erniedrigte und bis zum Tode am Kreuz
gehorsam ward, hat Ihn Gott so hoch erhöht. Der
Anteil des Menschen Jesu Christi an Gottes Eigenschaften ist eng verknüpft mit Seinem in voll-
kommener Übereinstimmung mit dem Willen Gottes vollbrachten Werk und mit der völligen Erlösung, die Er zum Heil der Menschheit errungen hat.

Aus diesem Grunde erhält das, was Christus über
Seine Allmacht und Allgegenwart aussagt, so hohe
Bedeutung. Zwischen der Erwähnung der beiden
Eigenschaften fordert Er Seine Jünger auf, in alle
Welt hinauszugehen, das Evangelium zu verkündi-
gen und die Menschen alles halten zu lehren, was
Er ihnen befohlen hat. Als Heiland der Welt, der
von Sünde errettet und vor Sünde bewahrt, und als
Christus der Herr, der seinen Befehlen gegenüber

Gehorsam verlangt, gibt Er Seinen Dienern die Verheißung Seiner göttlichen Gegenwart.

Es ist ein unumstößliches Gesetz, daß Jesu Diener die Fülle Seiner Vollmacht und Gegenwart nur in dem Maße erfahren können, als sie in ihrem persönlichen Leben Seine Gebote zu erfüllen bereit sind. Nur lebendige Zeugen Seiner errettenden und vor Sünde bewahrenden Macht können in eine volle Erfahrung Seiner bleibenden Gegenwart eingehen und Vollmacht empfangen, andere Menschen für ein Leben des Gehorsams, wie Christus es fordert, heranzubilden.

Ja, Jesus Christus befreit Sein Volk von Sünde, regiert es in Vollmacht, befähigt es zu sagen: «Deinen Willen, mein Gott, tue ich gerne» und verspricht ihm: «Siehe, ich bin bei euch alle Tage!» Des Heilandes bleibende Gegenwart als Schutz gegen die Sünde ist allen verheißen, die Ihn in Seiner vollkommenen Erlöserkraft angenommen haben und durch ihr Leben und Wort bezeugen, was für ein herrlicher Heiland Er ist.

✳

Der gekreuzigte Christus

✳

«Es sei aber ferne von mir, mich zu rühmen, denn allein
von dem Kreuz unseres Herrn Jesu Christi, durch welchen
mir die Welt gekreuzigt ist und ich der Welt»
(Gal. 6, 14)

Christi höchster Ruhm ist Sein Kreuz. Dadurch verherrlichte Er Seinen Vater und Sein Vater verklärte
Ihn. Als einem erwürgten Lamme mitten auf dem
Thron (Offb. Kp. 5) wird Ihm die Anbetung der
Erlösten, der Engel und aller Kreatur zuteil. Und
vom Gekreuzigten haben Seine Diener zu sagen
gelernt: «Es sei ferne von mir, mich zu rühmen,
denn allein von dem Kreuz unseres Herrn Jesu
Christi, durch welchen ich der Welt gekreuzigt bin.»
Sollte Christi höchster Ruhm nicht auch der unsrige
sein?

Die Verheißung: «Siehe, ich bin bei euch alle
Tage» wurde den Jüngern erst zuteil, nachdem der
Gekreuzigte ihnen Seine Hände und Füße gezeigt
hatte. Alle, die diese Verheißung in Anspruch nehmen wollen, müssen genau wissen, daß es der gekreuzigte Jesus ist, der alle Tage bei ihnen zu sein
verspricht.

Fällt es uns vielleicht deshalb so schwer, mit Jesu
bleibender Gegenwart zu rechnen und uns ihrer zu
erfreuen, weil wir das Kreuz, durch welches wir der
Welt gekreuzigt sind, nicht zu rühmen vermögen?
Wohl sind wir «mit Christus gekreuzigt»: «Unser
alter Mensch ist samt Ihm gekreuzigt» (Röm. 6, 6);

«Welche aber Christo angehören, die kreuzigen ihr Fleisch samt den Lüsten und Begierden» (Gal. 5, 24) – aber es scheint oft, als ob wir es eigentlich noch recht wenig verstanden hätten, daß die Welt auch für uns gekreuzigt ist und wir von ihrer Macht völlig frei geworden sind. Wie wenig gelingt es uns doch, uns als solche, die mit Christus gekreuzigt sind, zu verleugnen und wie Christus gesinnt zu sein, welcher sich selbst entäußerte, Knechtsgestalt annahm, sich selbst erniedrigte und bis zum Tode am Kreuz gehorsam war.

Möchten wir es immer besser lernen, daß der gekreuzigte Christus es ist, der uns alle Tage begleitet und uns zu einem Leben die Kraft gibt, in dem man sagen kann: «Ich bin mit Christus gekreuzigt – Christus, der Gekreuzigte, lebt in mir!»

✳

Der verherrlichte Christus

❅

<Das Lamm mitten auf dem Thron wird sie weiden>
(Offb. 7, 17)
<Diese sind's — und folgen dem Lamme nach,
wo es hingeht>
(Offb. 14, 4)

«Siehe, ich bin bei euch alle Tage!» Wer spricht so zu uns? Wenn wir verstehen wollen, was Christus uns damit anbietet, daß Er alle Tage bei uns zu sein verspricht, so müssen wir viel Zeit darauf verwenden, um Ihn richtig kennenzulernen. Wer ist Er denn? Niemand anders als das erwürgte Lamm, mitten auf dem Thron, das Lamm aus Seiner tiefsten Erniedrigung zur Herrlichkeit Gottes erhoben. Als solches spricht Er zu mir und ladet mich ein, durch innigste Gemeinschaft mit Ihm Seinem Bilde ähnlich zu werden.

Ohne Zeitaufwand, tiefe Ehrfurcht und anbetende Verehrung werden wir es kaum je ganz erfassen, daß Er, der in des Vaters Herrlichkeit wohnt und vor dem der ganze Himmel in Anbetung niederfällt, derselbe ist, der uns Seine Begleitung anbietet, uns wie ein Hirte, der für jedes Seiner Schafe persönlich sorgt, weidet, um aus uns solche zu machen, die «dem Lamme nachfolgen, wo es hingeht».

Laßt uns das wunderbare fünfte Kapitel der Offenbarung immer und immer wieder lesen, bis unsere Herzen von dem einen großen Gedanken erfüllt sind, wie einst die ganze Himmelswelt Ihm zu

16

Füßen fallen und die Ältesten vor Seinem Thron ihre Kronen niederwerfen werden (Kap. 4), und wie das Lamm inmitten des Lobpreises und der Liebe, die Ihm von Seinen Erlösten dargebracht werden, ja inmitten des Lobpreises der ganzen Schöpfung, regieren wird. Wenn dieses Lamm der ist, der mich alle Tage zu begleiten und meine Stärke, meine Freude und mein allmächtiger Bewahrer zu sein verspricht, so kann ich die Erfüllung dieser Verheißung wahrlich nicht erwarten, es sei denn, mein Herz beuge sich in noch tieferer Demut und Hingabe zu einem Leben des Dienstes und des Lobpreises, das der Liebe, die mich erlöst hat, würdig ist.

Lieber Bruder, glaube, daß das Lamm mitten auf dem Thron tatsächlich die allmächtige und erhabene Herrlichkeit und Liebe des ewigen Gottes verkörpert. Und glaube, daß, wenn dieses Lamm Gottes dein allmächtiger Hirte und treuer Beschützer ist, Er es dir ermöglichen wird, daß die Gedanken und Sorgen dieser Welt dich keinen einzigen Augenblick von Seiner Liebe zu trennen vermögen.

✴

Die große Frage

✳

«Glaubt ihr, daß ich euch solches tun kann? Da sprachen
sie zu Ihm: Herr, ja!»
(Matth. 9, 28)

«Wenn du könntest glauben! Alle Dinge sind möglich dem, der da glaubt. Und alsbald schrie des Kindes Vater mit Tränen und sprach: Ich glaube, lieber
Herr; hilf meinem Unglauben!» (Mark. 9, 23. 24).
«Jesus spricht zu Martha: Wer an mich glaubet, der
wird leben, ob er gleich stürbe. Glaubst du das? Sie
spricht zu Ihm: Herr, ja, ich glaube!» (Joh. 11,
25–27).

Auf Grund dessen, was wir von Jesus Christus gehört und persönlich erfahren haben, ist unser Herz
durchaus bereit, mit Martha zu bekennen: «Herr, ja,
ich glaube, daß Du bist Christus, der Sohn Gottes.»
Wenn wir aber dazu aufgefordert werden, an die
Kraft des Auferstehungslebens und an Seine uns
verheißene, ununterbrochene und bleibende Gegenwart zu glauben, so fällt es uns gar nicht so leicht
zu sagen: «Ja, ich glaube, daß dieser allmächtige,
allgegenwärtige, unwandelbare Christus und Erlösergott mich auf Schritt und Tritt begleiten und mir
das Bewußtsein Seiner heiligen Gegenwart schenken
wird.» Dies scheint beinahe ein zu großes Wagnis
zu sein. Und doch ist es gerade dieser Glaube, den
Christus von uns erwartet und in uns zu wirken verspricht.

Wir tun gut, auf die Bedingungen zu achten, unter denen Christus uns das Geheimnis Seiner blei-

benden Gegenwart als praktische Erfahrung zu enthüllen verheißt. Gott zwingt uns Seine Segnungen
nicht auf, doch versucht Er auf jede mögliche Weise,
uns darnach verlangend zu machen und die Erkenntnis zu vermitteln, daß Er nicht nur fähig,
sondern auch willig ist, Seine Verheißungen einzu-
lösen. Jesu Auferstehung von den Toten dient Ihm
als eindrücklichster Beweis. Wenn Gott diesen toten, um unserer Sünde und unseres Fluches willen
gestorbenen Christus auferwecken konnte, kann Er,
da Christus nun den Tod besiegt hat und unsere
Auferstehung und unser Leben geworden ist, gewiß
auch in unseren Herzen die Verheißung von Jesu
bleibender Gegenwart erfüllen.

Die große Frage ist dabei nur die, ob wir im
Blick auf das, was wir von Christus als unserem
Herrn und Erlösergott gehört und erkannt haben,
willig sind, die göttliche Bedeutung Seines Wortes
in aller Einfalt anzunehmen und mit Seiner Ver-
heißung zu rechnen: «Siehe, ich bin bei euch alle
Tage!» Christus fragt uns: «Glaubt ihr das?» –
Laßt uns nicht ruhen, bis wir in aller Demut zu
Ihm gesagt haben: «Herr, ja, ich glaube!»

✳

Jesu Selbstoffenbarung

✳

«Wer meine Gebote hat und hält sie, der ist es, der mich
liebt. Wer mich aber liebt, der wird von meinem Vater
geliebt werden, und ich werde ihn lieben und
mich ihm offenbaren»
(Joh. 14, 21)

Christus hatte Seinen Jüngern verheißen, daß der
Heilige Geist ihnen das Geheimnis Seiner ständigen
Gegenwart enthüllen werde. Sobald der Heilige
Geist gekommen sein werde, würde Er sich ihnen
durch diesen offenbaren und sie würden Ihn auf
eine ganz neue göttliche und geistliche Weise kennen lernen. Durch die Kraft des Heiligen Geistes
würden sie Ihn erkennen und Ihn viel inniger und
beständiger bei und um sich haben als zur Zeit
Seines irdischen Daseins.

Die Bedingung dieser Offenbarung ist an ein
einziges Wort geknüpft – Liebe: «Wer meine Gebote hält, der ist es, der mich liebt. Wer mich aber
liebt, der wird von meinem Vater geliebt werden,
und ich werde ihn lieben.» Göttliche und menschliche Liebe müssen einander begegnen. Die Liebe
Jesu zu Seinen Jüngern werde in ihr Herz eindringen und ihren Liebesgehorsam wecken. Das werde
der Vater sehen und sie mit Seiner Liebe umgeben.
Auch Christus werde ihnen Sein liebendes Herz zu-
wenden und sich ihnen offenbaren. Dieser in ihre
Herzen ausgegossenen himmlischen Liebe werde
alsdann eine neue und gesegnete Selbstoffenbarung
Christi zuteil.

Doch ist das noch nicht alles. Als Jesus gefragt wurde, warum Er sich auf solche Weise offenbaren werde, antwortete Er mit denselben Worten: «Wer mich liebt, der wird mein Wort halten» und: «Mein Vater wird ihn lieben, und wir werden zu ihm kommen und Wohnung bei ihm machen.» In einem vom Heiligen Geist zubereiteten Herzen, das aus Liebesgehorsam zu völliger Hingabe bereit und fähig geworden ist, werden Vater und Sohn Wohnung nehmen.

Außerdem gibt uns Christus noch die Verheißung: «Siehe, ich bin bei euch alle Tage!» Zu diesem «bei euch» gehört auch das «in euch» – Christus und der Vater durch den Glauben im Herzen des Jüngers wohnend. Möchte doch jeder Gläubige in das Geheimnis Seiner bleibenden Gegenwart: «Siehe, ich bin bei euch alle Tage!» eindringen und dabei in kindlicher Einfalt mit Jesu Verheißung rechnen: «Ich werde mich ihm offenbaren.»

✳

Maria und die Morgenwache

✳

«Spricht Jesus zu ihr: Maria! Da wandte sie sich um und
spricht zu Ihm: Rabbuni (das heißt: Meister)!»
(Joh. 20, 16)

Maria Magdalena, die Frau, die viel geliebt hat, empfängt hier als erste eine Offenbarung des auferstandenen Christus.

Denken wir einmal darüber nach, was Marias
Morgenwache uns zu sagen hat. Als erstes offenbart
sie uns das große Verlangen einer Liebe, die nicht
ruht, bis sie den Herrn, den sie sucht, gefunden hat.
Dazu mußte sich Maria von allem, sogar von den
führenden Aposteln, trennen. Als zweites enthüllt
sie uns den Kampf zwischen der Furcht und dem
Glauben, der sich weigert, die kostbaren Verheißungen preiszugeben. Das führt zu einer Begegnung mit
ihrem Meister und zur Erfüllung Seines Verspre-
chens: «Wer mich liebt, der wird mein Wort halten;
und ich werde ihn lieben und mich ihm offenbaren.» Ihrer Liebe begegnet Jesu Liebe, der sich ihr
als lebendiger Herr in der Kraft Seines Auferstehungslebens offenbart. Nun versteht sie Jesu Worte
vom Auffahren zum Vater in ein Leben der göttlichen Herrlichkeit und Allmacht und empfängt
den Auftrag, zu Seinen Brüdern zu gehen und das,
was sie von Ihm gehört hat, an diese weiterzugeben.

Diese erste Morgenwache, dieses Harren Marias
auf eine Offenbarung des auferstandenen Herrn, ist
Verheißung und Pfand dessen, was die Morgenwache seither Tausenden von Seelen geworden ist.

In Furcht und Zweifel, aber mit einer brennenden Liebe und starken Hoffnung im Herzen harrten sie alle, bis Er — den sie wegen ihres menschlich beschränkten Auffassungsvermögens bisher nur wenig gekannt hatten — sie in der Kraft Seines Auferstehungslebens anhauchte und sich ihnen als Herr der Herrlichkeit offenbarte.

Dabei lernten sie — nicht in Worten oder Gedanken, sondern durch eine übernatürliche Erfahrung — was es bedeutet, von Ihm, der im Himmel und auf Erden alle Macht besitzt, in die Obhut Seiner bleibenden Gegenwart genommen zu werden.

Was können wir daraus lernen? Nichts lenkt Jesu Aufmerksamkeit mehr auf sich als die Liebe, die alles opfert und in Ihm allein ihre Befriedigung findet. Solcher Liebe offenbart sich Christus; denn Er hat uns geliebt und sich selbst für uns dargegeben. Christi Liebe braucht unsere Liebe, um sich in ihr uns zu offenbaren. Zu ihr spricht Er das Wort: «Siehe, ich bin bei euch alle Tage!» Nur die Liebe vermag dieses Wort recht zu verstehen, sich darüber zu freuen und daraus zu leben.

✳

Emmaus: Das Abendgebet

✳

«Und sie nötigten Ihn und sprachen: Bleibe bei uns . . . .
Und da Er mit ihnen zu Tische saß . . ., wurden ihre Augen
geöffnet und sie erkannten Ihn»
(Luk. 24, 29–31)

Während wir von Maria Magdalena lernen können,
wie bedeutungsvoll die Morgenwache für eine Begegnung mit Jesus sein kann, erinnert uns Emmaus
an den Segen des Abendgebetes als Vorbereitung
für eine noch tiefere Offenbarung Christi in der
Seele des Menschen.

Für jene zwei Jünger hatte der Tag recht düster
begonnen. Als die Frauen von dem Engel erzählten,
der gesagt hatte, daß Christus lebe, wußten sie nicht,
was sie davon halten sollten. Und als sich Jesus auf
dem Heimweg zu ihnen gesellte, waren ihre Augen
gehalten und sie erkannten Ihn nicht. Wie oft
möchte Jesus sich uns offenbaren; aber weil unsere
Herzen zu träge sind, um Seinen Worten zu vertrauen, kann Er es nicht tun. Zwar begannen die
Herzen der Jünger zu brennen, als Jesus mit ihnen
sprach, doch dachten sie keinen Augenblick an Ihn.
So ist es auch oft bei uns. In Gemeinschaft mit
anderen Gläubigen wird uns Gottes Wort teuer; unsere Herzen erwärmen sich beim Gedanken an das,
was Christi Gegenwart uns bedeuten könnte; doch
unsere Augen sind gehalten und Ihn selbst sehen
wir nicht.

Als der Herr sich anschickte weiterzugehen, ließ
Er sich durch ihre Bitte: «Bleibe bei uns» zum

Bleiben bewegen. Christus hatte in Seiner letzten Nacht dem Wort «bleiben» eine neue Bedeutung verliehen. Zwar vermochten die Jünger damals Seinen Ausführungen nicht völlig zu folgen, aber in der Anwendung des Wortes empfingen sie weit mehr, als sie erwartet hatten: einen Vorgeschmack jenes Lebens in der bleibenden Gegenwart Jesu, das durch die Auferstehung möglich geworden ist. Laßt uns daraus lernen, wie wichtig es ist, am Ende eines Tages – vielleicht in Gemeinschaft mit anderen Gläubigen – eine Pause einzuschalten, in der das Herz die Verheißung der bleibenden Gegenwart Jesu neu ergreift und Christus mit einer Eindringlichkeit, der Er nicht zu widerstehen vermag, bittet: «Bleibe bei uns!»

Was bewog Jesus, sich diesen beiden Männern zu offenbaren? War es nicht ihre hingebende Liebe zu ihrem Herrn? Vielleicht ist auch bei uns noch viel Unwissenheit und Glaubensmangel vorhanden; aber wenn unser Herz in brennendem Verlangen sich Ihm zuwendet und Sein Wort begierig aufnimmt, dürfen wir damit rechnen, daß Er sich uns offenbaren wird. Jesu Botschaft: «Siehe, ich bin bei euch alle Tage!» wird denen in Vollmacht zuteil, die in aufrichtiger Hingabe und unaufhörlichem Gebet das Geheimnis Seiner bleibenden Gegenwart begehren.

✳

11. Tag

Die göttliche Mission der Jünger

«Am Abend aber desselben Tages, da die Jünger versammelt und die Türen verschlossen waren aus Furcht vor den Juden, kam Jesus und trat mitten ein und spricht zu ihnen: Friede sei mit euch!»
(Joh. 20, 19)

Die Jünger hatten Marias Botschaft vernommen. Petrus hatte ihnen von seiner Begegnung mit dem Herrn erzählt. Und abends spät kamen die Männer von Emmaus, um ihnen zu berichten, wie sich Jesus ihnen zu erkennen gegeben hatte. So waren ihre Herzen zubereitet, als Jesus mitten unter sie trat und zu ihnen sprach: «Friede sei mit euch!» und ihnen Seine Hände und Füße zeigte. Das sollte nicht nur ein Erkennungszeichen sein, sondern das tiefe, ewige Geheimnis, das einst im Himmel geoffenbart werden soll, wenn Er mitten auf dem Thron stehen wird als «ein Lamm, wie wenn es erwürgt wäre».

«Da wurden die Jünger froh, daß sie den Herrn sahen.» Und abermals sprach Jesus zu ihnen: «Friede sei mit euch!» Bei Maria, der sich Jesus offenbarte, war es die brennende Liebe, die ohne Ihn keine Ruhe fand. Den Jüngern von Emmaus wurde die Offenbarung auf Grund ihrer eindringlichen Bitte zuteil. Und hier findet der Herr willige Knechte versammelt, die Er für Seinen Dienst ausgebildet hat. Ihnen übergibt Er Seine bisherige Arbeit auf Erden und verwandelt ihre Furcht in Frieden und Freude. Bald wird Er zum Vater auffahren; das Werk, das Ihm der Vater zu tun gegeben hat, vertraut Er nun Seinen Jüngern an. An ihnen ist es fortan, den göttlichen Auftrag zu verkündigen und zum Siege zu führen.

Zu diesem Dienst benötigen sie aber göttliche Vollmacht. Darum haucht Christus ihnen Sein Auferstehungsleben ein, das Er durch Seinen Tod errungen hat, und erfüllt damit Seine Verheißung: «Ich lebe, und ihr sollt auch leben.» Die überschwengliche Größe der göttlichen Kraft, durch die Gott Christus von den Toten auferweckt, und der Geist der Heiligkeit, der Christus als Sohn Gottes erhöht hat, werden fortan in den Jüngern leben. Alles, was sie in dieser Vollmacht binden oder lösen würden, würde im Himmel gebunden oder gelöst sein.

Diese Begegnung Jesu mit Seinen Jüngern erfüllt jeden Seiner Botschafter mit wunderbarer Kraft. Auch uns gilt das Wort: «Gleichwie mich der Vater gesandt hat, so sende ich euch» und: «Nehmet hin den Heiligen Geist!» Jesu Offenbarung als der Lebendige mit den durchstochenen Händen und Füßen gilt auch uns; wenn unsere Herzen die Gegenwart des lebendigen Herrn aufrichtig begehren, dürfen wir vertrauensvoll damit rechnen, daß sie uns geschenkt werden wird. Jesu sendet Seine Diener nie ohne die Verheißung Seiner bleibenden Gegenwart und allmächtigen Kraft hinaus.

Thomas:
Die Glückseligkeit des Glaubens

✴

«Jesus spricht zu ihm: Dieweil du mich gesehen hast,
Thomas, so glaubest du. Selig sind, die nicht sehen
und doch glauben»
(Joh. 20, 29)

Beneiden wir Thomas nicht alle ein wenig um seine
wunderbare Erfahrung? Christus spricht zu ihm
ganz persönlich und gestattet ihm, Seine Hände und
Füße zu betasten. Kein Wunder, daß er seine tiefe
innere Ergriffenheit nur mit den Worten heiligster
Anbetung ausdrücken konnte: «Mein Herr und mein
Gott!» Wie könnte Gottes Gegenwart und Herrlichkeit besser gepriesen werden als mit diesen Worten?

Trotzdem sagt Christus zu ihm: «Dieweil du
mich gesehen hast, Thomas, so glaubest du. Selig
sind, die nicht sehen und doch glauben!» Wahrer,
lebendiger Glaube läßt uns Christi göttliche Nähe
noch tiefer und inniger erfahren, als es die Freude
vermag, die Thomas' Herz erfüllte. Sogar heute, also
viele Jahrhunderte später, kann Christi Gegenwart
und Vollmacht auf eine viel tiefere und wirksamere
Weise erfahren werden, als es Thomas geschenkt
war. Allen, die nicht sehen, aber glauben – kindlich, treu, wahrhaftig und uneingeschränkt an das
glauben, was Christus jeden Augenblick für uns tun
will –, verspricht Er nicht nur sich zu offenbaren,

sondern sagt ihnen sogar Seine und Seines Vaters Innewohnung zu.

Stehen wir nicht oft in der Gefahr, dieses köstliche Glaubensleben als etwas anzusehen, das für uns jenseits des Erreichbaren liegt? Solche Gedanken rauben uns die Glaubenskraft. Laßt uns Christi Worte festhalten: «Selig sind, die nicht sehen und doch glauben!» Darin liegt des Himmels wahrer Segen, der Herz und Leben erfüllt und dem Glauben die Liebe und Gegenwart Christi schenkt.

Du möchtest gerne wissen, wie man diesen kindlichen Glauben empfangen kann. Wo immer Jesus Christus der alleinige Gegenstand unserer Sehnsucht und unseres Vertrauens ist, wird Er sich uns in Seiner göttlichen Vollmacht offenbaren. Thomas' einstige Bemerkung: «Laßt uns mitziehen, daß wir mit Ihm sterben!» enthüllt uns Seine tiefe Zuneigung zu Christus. Solcher Liebe, auch wenn sie noch gegen Unglauben zu kämpfen hat, offenbart sich Jesus. Seine göttliche Verheißung: «Siehe, ich bin bei euch alle Tage!» kann als reale Wirklichkeit von uns bewußt erfahren werden. Achten wir darum vor allem darauf, daß unser Glaube an Sein kostbares Wort, an Seine göttliche Macht und Seine heilige, bleibende Gegenwart unser ganzes Wesen beherrscht, so wird sich Christus uns gewiß offenbaren, bei uns bleiben und unser Herz zu seiner Wohnung machen.

✳

Petrus: Die Macht der Liebe

✳

«Petrus ward traurig, daß Jesus zum drittenmal zu ihm
sagte: Hast du mich lieb? und sprach zu Ihm: Herr, Du
weißt alle Dinge, du weißt, daß ich Dich liebhabe.
Spricht Jesus zu ihm: Weide meine Schafe!»
(Joh. 21, 17)

Nach Seiner Auferstehung ist Christus zuerst den
Menschen erschienen, die Ihm in inniger Liebe zu-
getan waren: Maria, die viel geliebt hat, Petrus, dem
sich der Herr zuerst allein offenbarte, den beiden
Jüngern bei der Abendmahlzeit zu Emmaus und
zuletzt dem Thomas. Auch bei der zweiten Begegnung Jesu mit Petrus bildet die Liebe wiederum den
Grundton ihres Gesprächs.

Wir können gut verstehen, warum Christus dreimal die Frage stellte: «Liebst du mich?» Petrus
mußte an allerlei erinnert werden: an sein starkes
Selbstbewußtsein, das ihn zu sagen bewog: «Und
wenn ich mit Dir sterben müßte, will ich Dich nicht
verleugnen»; an die Notwendigkeit einer ruhigen,
aber gründlichen Herzensprüfung, bevor er sicher
sein konnte, daß seine Liebe aufrichtig und echt
war. Petrus mußte in tiefer Reue erkennen, wie
wenig er sich selbst vertrauen durfte und wie die
Liebe der einzig mögliche Weg zur völligen Wie-
derherstellung seiner Beziehung zu Jesus und die
höchste Bedingung für das Weiden Seiner Schafe
und Lämmer war.

Gott ist Liebe. Christus ist der Sohn Seiner Liebe.
Wie Er die Seinigen geliebt hatte, liebte Er sie bis

ans Ende: «Gleichwie mich mein Vater liebt, also liebe ich euch auch!» Als Beweis ihrer Liebe zu Ihm sollten sie Seine Gebote halten und einander mit der gleichen Liebe lieben, mit der Er sie liebte. Im Himmel und auf Erden, beim Vater und beim Sohn, bei uns und unserem Wirken für Ihn und für andere Seelen ist Liebe das Größte.

Jeder Gläubige, der sich darnach sehnt, Jesu Wort: «Siehe, ich bin bei euch alle Tage!» persönlich zu erfahren, muß wissen, daß die Hauptbedingung dafür die Liebe ist. Petrus lehrt uns, daß dem Menschen die Kraft zu solcher Liebe fehlt, daß sie ihm aber durch die Kraft, mit der Christus durch Seinen Tod die Sünde bezwang, und durch die Kraft des Auferstehungslebens, dessen Petrus teilhaftig geworden ist, geschenkt werden kann. Im 1. Petrusbrief drückt er es folgendermaßen aus: «Welchen ihr nicht gesehen und doch liebhabt und nun an Ihn glaubet, wiewohl ihr Ihn nicht sehet, und werdet euch freuen mit unaussprechlicher und herrlicher Freude.» Welch ein Trost für uns! Wenn Petrus mit seinem Selbstzutrauen eine solche Umwandlung erfahren durfte, dürfen wir gewiß glauben, daß Christus diese auch in uns vollziehen und sich in der ganzen Fülle Seines kostbaren Wortes: «Siehe, ich bin bei euch alle Tage» uns offenbaren wird. Der Liebe bleibt es vorbehalten, Christi Offenbarungen zu empfangen und uns zum Hüten Seiner Schafe und zum Weiden Seiner Lämmer tauglich zu machen.

✳

Johannes: Das Leben aus dem Tod

✳

«Und als ich Ihn sah, fiel ich zu Seinen Füßen wie ein
Toter; und Er legte Seine rechte Hand auf mich und sprach
zu mir: Fürchte dich nicht! Ich bin der Erste und der
Letzte und der Lebendige; ich war tot, und siehe, ich bin
lebendig von Ewigkeit zu Ewigkeit»
(Offb. 1, 17. 18)

Sechzig Jahre oder mehr nach der Auferstehung erscheint Christus Seinem geliebten Jünger. Johannes
fällt wie tot zu Seinen Füßen. Als Mose Gott einst
bat: «Laß mich Deine Herrlichkeit sehen», gab Gott
ihm zur Antwort: «Mein Angesicht kannst du nicht
sehen; denn kein Mensch wird leben, der mich
sieht.» Die sündige Natur des Menschen erträgt
keine göttliche Erscheinung. Erst wenn das natür-
liche Leben gestorben ist, kann Gottes Leben der
Herrlichkeit beginnen. Daß Johannes wie tot zu
Jesu Füßen fiel, zeigt uns, wie wenig er die himmlische Erscheinung ertragen konnte.

Als Christus Seine rechte Hand auf Johannes
legte und zu ihm sprach: «Fürchte dich nicht! Ich
bin der Lebendige; ich war tot, und siehe, ich bin
lebendig von Ewigkeit zu Ewigkeit», erinnerte Er
ihn daran, daß auch Er den Tod schmecken mußte,
bevor Er zum Leben und zur Herrlichkeit Gottes
eingehen konnte. Für den Meister und für jeden
Jünger, für Mose und für Johannes, für uns alle,
gibt es nur einen Weg, der zur Herrlichkeit Gottes
führt; er bedeutet den Tod der von der Sünde ver-
dorbenen Natur, die den Himmel nicht ererben
kann.

Diese Lektion hat allen, die sich nach einer Begegnung mit Jesus sehnen, viel zu sagen. Ohne völlige Hingabe alles dessen, was von der Welt und ihrem Geist in uns lebt, können wir Jesus nicht erkennen, keine Gemeinschaft mit Ihm haben und Seine Vollmacht nicht erfahren. Die Jünger wußten dies. Von Seinem ersten Gespräch mit ihnen über den Preis der Nachfolge – als Er vom Verlassen von Vater und Mutter, vom Auf-sich-Nehmen des Kreuzes, vom Verlieren des eigenen Lebens sprach (Matth. 10, 37–39) – bis zu jenem Wort vor Seinem Tod: «Es sei denn, daß das Weizenkorn in die Erde falle und ersterbe, so bleibt's allein; wo es aber erstirbt, so bringt es viele Früchte», ließ Christus keinen Zweifel darüber aufkommen, was Sein Dienst bedeuten würde: Selbstverleugnung, Kreuztragen, Wandel in Seinen Fußstapfen.

Viele von uns suchen durch innige Gemeinschaft mit dem Herrn Jesus das Geheimnis Seiner bleibenden Gegenwart zu ergründen. Laßt uns die Lektion annehmen; sie heißt: durch Tod zum Leben. In der Vollmacht Jesu Christi, mit dem wir gekreuzigt worden sind und dessen Tod – der Tod der Sünde und der Tod der Welt mit ihrer Selbstgefälligkeit und Selbsterhebung – in uns wirkt, liegt, wenn wir uns darunterstellen, das tiefste Gesetz unseres geistlichen Lebens. Als Petrus zu Christus sprach: «Herr, schone Dein selbst», gab ihm Jesus zur Antwort: «Verleugne dich selbst.» Trotz äußerem Versagen nahmen die Jünger an Seiner Kreuzigung innerlich teil. Deshalb wurde ihnen Seine Verheißung gegeben: «Siehe, ich bin bei euch alle Tage!»

Paulus: Christi Offenbarung in mir

⋇

«Da es aber Gott wohlgefiel ... daß Er Seinen Sohn
offenbarte in mir»
(Gal. 1, 15. 16)

In unserem Bibelstudium und Lobpreis Christi werden unsere Gedanken immer wieder auf fünf Punkte gelenkt: den fleischgewordenen Christus, den gekreuzigten Christus, den erhöhten Christus, den innewohnenden und in Herrlichkeit wiederkommenden Christus. Während der erste den Samen als solchen darstellt, kann der zweite mit dem in die Erde gelegten Samenkorn, der dritte mit der dem Himmel entgegenwachsenden Saat, der vierte mit der vom Heiligen Geist gewirkten Frucht und der fünfte mit dem Einsammeln der Frucht beim Wiederkommen Christi verglichen werden.

Paulus sagt uns, daß es Gott gefallen habe, Seinen Sohn in ihm zu offenbaren. Auf Grund dieser Offenbarung bezeugt er: «Christus lebt in mir.» Das Hauptmerkmal dieses Lebens, so sagt er, ist das Gekreuzigtsein mit Christus. Darum kann er von sich sagen: «Ich lebe; doch nun nicht ich.» In Christus hat sein eigenes Ich den Tod gefunden. Wie das Kreuz den Mittelpunkt im Leben Jesu darstellt – «ein Lamm», wie wenn es erwürgt wäre, mitten auf dem Thron» –, so hat das Leben Christi in Paulus ihn untrennbar eins gemacht mit seinem gekreuzigten Herrn. Diese Vereinigung war so vollkommen, daß er sagen konnte: «Es sei aber ferne von mir,

34

mich zu rühmen, denn allein von dem Kreuz unseres Herrn Jesu Christi, durch welchen mir die Welt gekreuzigt ist und ich der Welt.»

Wenn wir Paulus gefragt hätten, wie es denn jetzt um seine eigene Verantwortlichkeit bestellt sei, nachdem nicht mehr er lebe, sondern Christus in ihm, hätte er geantwortet: «Ich lebe im Glauben des Sohnes Gottes, der mich geliebt hat und sich selbst für mich dargegeben.» Jeder Augenblick seines Lebens war ein Leben des Glaubens an Ihn, der ihn geliebt und sich selbst völlig hingegeben hatte, um Seines willigen Jüngers Leben sein zu können.

Das ist der Hauptinhalt aller paulinischen Verkündigung. Er bittet um Fürbitte, damit er «das Geheimnis Christi ... den herrlichen Reichtum dieses Geheimnisses unter den Heiden, welches ist Christus in euch, die Hoffnung der Herrlichkeit» (Kol. 2, 2; 1, 27) allezeit recht verkündigen könne. Das Geheimnis seines Glaubenslebens, die einzige Kraft, das einzige Ziel seines ganzen Lebens und Wirkens war der innewohnende Christus, die Hoffnung der Herrlichkeit.

Laßt uns glauben, daß das Geschenk der bleibenden Gegenwart Christi jedem zuteil wird, der Ihm völlig vertraut!

✳

Warum konnten wir nicht?

❋

«Da traten zu Ihm Seine Jünger besonders und sprachen:
Warum konnten wir ihn nicht austreiben? Jesus antwortete
und sprach zu ihnen: Um eures Unglaubens willen. Diese
Art fährt nicht aus denn durch Fasten und Beten»
(Matth. 17, 19–21)

Die Jünger hatten schon früher Teufel ausgetrieben.
Aber in diesem Falle fehlte ihnen die Vollmacht.
Da fragten sie den Herrn nach dem Grund. Seine
Antwort war sehr einfach: «Um eures Unglaubens
willen.»

Diese Antwort gilt auch für die wichtige und oft
gestellte Frage: Warum erscheint uns jenes Leben
der ununterbrochenen Gemeinschaft mit Christus,
das die Heilige Schrift verheißt, so unerreichbar
hoch? Nur wegen unseres Unglaubens! Wir erkennen zu wenig, daß der Glaube damit rechnen und
darauf warten muß, daß Gott durch Seine göttliche
Macht jede Verheißung zu erfüllen bereit ist. Wir
leben noch nicht in jenem Zustand völliger Hilflosigkeit und Abhängigkeit von Gott, dem eigentlichen Wesen des Glaubens. Es fehlt uns der über-
zeugende Glaube, daß Gott das, was Er verheißt,
auch fähig und willig ist zu tun. Auch weigern wir
uns, von ganzem Herzen zu glauben, daß Gottes
Macht in unserem Herzen Wunder zu vollbringen
vermag.

Aber warum fehlt es uns denn so oft an diesem
Glauben? Hören wir Jesu Antwort: «Diese Art

fährt nicht aus denn durch Fasten und Beten.» Ein
starker Glaube an Gott erfordert ein Leben der innigen Gemeinschaft mit Ihm, des andauernden Gebets. Glauben lernt man nicht auf Befehl. Es bedarf dazu des verborgenen Umganges mit Gott.
Aber auch Beten allein tut es nicht. Ebenso notwen-
dig ist das Fasten im engeren und weiteren Sinn des
Wortes. Ferner braucht es Selbstverleugnung, ein
gänzliches Sich-Abwenden von jener Lust des Fleisches und der Augen und jenem hoffärtigen Leben,
das den Weltgeist charakterisiert. Ohne Hingabe
alles dessen, was die Welt zu bieten vermag, kann
der Preis des himmlischen Lebens auf dieser Erde
nicht gewonnen werden. So wie nur Gott das
menschliche Herz zu befriedigen und in ihm Seine
mächtigen Wunder zu wirken vermag, kann nur
eine Gott völlig hingegebene Seele die Kraft des
Glaubens empfangen, die fähig ist, alle bösen Gei-
ster zu vertreiben. «Beten und Fasten» gehört dazu.

✳

Die Kraft zum Gehorsam

*

«Der mich gesandt hat, ist mit mir. Der Vater läßt mich
nicht allein; denn ich tue allezeit, was Ihm gefällt»
(Joh. 8, 29)

Diese Worte geben uns nicht nur einen Einblick in
Jesu Leben mit dem Vater, sondern sie enthüllen
uns gleichzeitig das Gesetz, das allem Umgang mit
Gott zugrunde liegt: schlichter, absoluter Gehorsam.

In Seinen Abschiedsreden betont Er diesen Punkt
besonders stark. Im 14. Kapitel des Johannesevan-
geliums sagt Er dreimal: «Wer mich liebt, der wird
mein Wort halten. Und ich will den Vater bitten
und Er wird euch den Heiligen Geist geben. Und
mein Vater wird euch lieben, und ich werde euch
lieben und mich euch offenbaren. Und wir werden
zu euch kommen und Wohnung bei euch machen.»
Ebenso im 15. Kapitel: «So meine Worte in euch
bleiben, werdet ihr bitten, was ihr wollt, und es
wird euch widerfahren. So ihr meine Gebote haltet,
so bleibet ihr in meiner Liebe, gleichwie ich meines
Vaters Gebote halte und bleibe in Seiner Liebe.
Ihr seid meine Freunde, so ihr tut, was ich euch
gebiete.»

Gehorsam ist der Beweis und die praktische Aus-
wirkung der durch den Heiligen Geist in unsere
Herzen ausgegossenen Liebe Gottes. Gehorsam ent-
springt der Liebe und führt hin zur Liebe, zu einer
tieferen und völligeren Erfahrung der Liebe und
Innewohnung Gottes. Den Gehorsamen ist Erhö-
rung ihrer Bitten und das In - der - Liebe - Christi-

Bleiben verheißen. Der Gehorsam versiegelt unseren Anspruch, Christi Freunde genannt zu werden. Er ist also nicht nur ein Beweis unserer Liebe, sondern auch unseres Glaubens nach der Verheißung: «Was wir bitten, werden wir von Ihm nehmen; denn wir halten Seine Gebote und tun, was vor Ihm gefällig ist.»

Wer die Freude der bleibenden Gegenwart Jesu erfahren will, muß sich in schlichtem, völligem Gehorsam üben. Im Neuen Bund, in dem wir stehen, sind die nötigen Voraussetzungen dazu vorhanden: «Ich will mein Gesetz in ihr Herz geben und in ihren Sinn schreiben. Ich will ihnen meine Furcht ins Herz geben, daß sie nicht von mir weichen. Ich will solche Leute aus ihnen machen, die in meinen Geboten wandeln und darnach tun» (Hes. 36).

Köstlicher Gehorsam, der uns die Fähigkeit verleiht, in Jesu Liebe zu bleiben und uns Seiner ununterbrochenen Gegenwart zu erfreuen! Christus hielt das durchaus für möglich. Er wußte, daß wir in der Kraft des Heiligen Geistes Großes erwarten dürfen. Doch tun wir gut daran, zu bedenken, daß Sein Wort: «Siehe, ich bin bei euch alle Tage!» den Gehorsamen gilt und daß sie es sind, denen dieses Wort in seiner vollen Bedeutung offenbart wird.

✳

Die Macht der Fürbitte

❊

«Wir aber wollen anhalten am Gebet»
(Apg. 6, 4)
«Aber die Gemeinde betete ohne Aufhören für ihn zu Gott»
(Apg. 12, 5)

Dr. John Mott*) glaubte ernsthaft an die unbeschränkte Macht des gemeinsamen Gebets. Während einer Reise in Asien beauftragte ihn eine Gruppe gläubiger Männer, die dieses Problem gründlich studiert hatten, alle Missionsgesellschaften auf das dringende Bedürfnis umfassender Fürbitte, vor allem gemeinsamer Fürbitte, hinzuweisen.

«Wir können», schreibt Mott, «der Kirche Christi auf keine bessere Weise dienen als durch Vermehrung der Zahl der wahren Fürbitter, und indem jene Gebiete, die eines mächtigen Geisteswehens bedürfen, zum Brennpunkt der Gebete aller Gläubigen auf Erden werden. Wichtiger als jeder Dienst, den wir der Missionssache erweisen können, ist unsere Mithilfe bei der Aktivierung übernatürlicher Gebetskräfte und die Sammlung aller wahren Fürbitter für dieses heilige Amt zur Anbahnung einer neuen, von Zeichen und Wundern des lebendigen Christus erfüllten Ära. Das Wichtigste aber bei all unserer Arbeit ist deren Verbindung mit den Quellen göttlichen Lebens und göttlicher Kraft. Mit Recht darf die christliche Welt von den Missionsleitern erwarten, daß sie uns über die Tatsachen und Methoden ihrer Arbeit nicht nur aufklären, sondern auch jene übernatürlichen Quellen zu entdecken suchen, die ein stärkeres Ausstrahlen der geistlichen Kräfte ermöglichen.»

Wer bedarf der gemeinsamen Fürbitte aller Gläubigen mehr als gerade unsere Missionare? Sie geben ihr großes Bedürfnis nach der Gegenwart und Kraft Gottes in ihrem Leben und Werk offen zu. Und wie sehnen sie sich erst nach der täglichen Erfahrung der bleibenden Gegenwart und Kraft Christi! Wollen wir, die wir dieses Büchlein lesen, uns nicht auch einreihen lassen in die große Armee, die Gott um eine besondere Kraftausrüstung für unsere Missionare bittet, ohne die keine fruchtbare Arbeit möglich ist? Wollen wir nicht, wie einst die ersten Apostel, «am Gebet anhalten», bis Gott in überströmendem Maß Antwort gibt? Indem wir uns diesem unablässigen Fürbittedienst weihen, wird die Kraft der Verheißung: «Siehe, ich bin bei euch alle Tage!» sich in unserem Leben aufs herrlichste bewähren!

✱

*) John R. Mott, 1865–1955, großer Missionar und weltbekannter christlicher Führer; Mitbegründer des Weltbundes der Christlichen Vereine Junger Männer, des Studenten-Weltbundes, des Internationalen Missionsrates; Vorkämpfer der Oekumenischen Bewegung; Träger des Friedens-Nobelpreises.

✳

Die Macht der Zeit

✳

«Meine Zeit steht in Deinen Händen»
(Psalm 31, 16)

«Meine Zeit steht in Deinen Händen; sie gehört
Dir; Du allein hast das Recht, darüber zu gebieten.
Ich stelle sie Dir völlig und mit Freuden zur Ver-
fügung.» Welch mächtige Kraft kann die Zeit bedeuten, wenn sie Gott völlig ausgeliefert ist!

Die Zeit ist die Beherrscherin aller Dinge. Be-
weist nicht die ganze Weltgeschichte, daß der
Mensch von heute das ist, was die Zeit langsam,
aber sicher aus ihm gemacht hat? Unsere ganze Um-
gebung ist voller Beweise. Das körperliche und gei-
stige Wachstum eines Kindes bis zum vollen Man-
nesalter, der Erfolg eines jeden Unternehmens, all
unser Tun und Denken, ja unser ganzes Leben ist
dem Gesetz der Zeit und ihrer unausweichlichen
Macht unterworfen.

Davon wird ganz besonders unsere Frömmigkeit
und unser Umgang mit Gott betroffen. Auch hier
regiert die Zeit. Gemeinschaft mit Gott, Heiligung,
himmlischer Friede, Ähnlichkeit mit Seinem Bilde,
Vollmacht im Dienst zum Segen anderer Menschen
– alles ist uns verheißen unter der einen Bedingung,
daß wir Gott genügend Zeit geben, das Licht und
die Kraft Seiner Heiligkeit auf uns wirken zu lassen und uns zu Teilhabern Seines Geistes und Lebens zu machen. Wahre Frömmigkeit lebt ihrem
innersten Wesen nach aus der mit Gott verbrachten
Zeit.

Und doch gibt es viele Knechte Gottes, die offen bekennen, daß der Mangel an Vollmacht in ihrem geistlichen Leben als Missionare, ja die unbefriedigenden Ergebnisse der gesamten Missionsarbeit überhaupt, eine Folge von ungenügender Entspannung sind, und die, wenn sie möglich wird, nicht zum täglichen Umgang mit Gott benützt wird.

Was für Ursachen liegen wohl hinter diesem traurigen Eingeständnis? Ist es nicht der mangelnde Glaube an die gottgegebene Zusage, daß aus der mit Gott allein verbrachten Zeit Seinen Dienern die Kraft zukommen werde, Seine bleibende Gegenwart alle Tage zu erfahren?

Lieber Bruder, liebe Schwester! Du beklagst dich darüber, daß dein Übermaß an Arbeit – vielleicht ist es auch dein Übereifer! – deine geistliche Leistungsfähigkeit vermindert. Hast du noch nie daran gedacht, deinen Stundenplan Christus und dem Heiligen Geist vorzulegen und gläubigen Herzens das Wort: «Meine Zeit steht in Deinen Händen» täglich in die Praxis umzusetzen? Wage den Versuch, du wirst nicht enttäuscht werden!

✳

Die Macht des Glaubens

✴

«Alle Dinge sind möglich, dem, der da glaubt»
(Mark. 9, 23)

Nach der Heiligen Schrift gibt es keine Wahrheit, die Christus sowohl bei Seinen Jüngern als auch bei denen, die Ihn um Hilfe angingen, öfter und eindringlicher betonte als die absolute Notwendigkeit des Glaubens und dessen unbeschränkte Möglichkeiten. Auch wissen wir aus Erfahrung, daß es kaum etwas gibt, das uns schwerer fällt als das kindliche, restlose Vertrauen in die wörtliche Erfüllung aller Verheißungen Gottes. Ein Leben in der bleibenden Gegenwart Jesu aber muß notwendigerweise auch ein Leben ununterbrochenen Glaubens sein.

Laßt uns die Merkmale des echten Glaubens kurz betrachten. Vor allem verläßt sich der Glaube, als auf den einzigen Maßstab seiner Erwartungen, darauf, daß Gott alles, was Er verheißen hat, auch tun wird. Dabei gibt er sich nicht mit einigen Verheißungen zufrieden, sondern streckt sich nach jeder einzelnen in ihrem weitesten und tiefsten Sinn aus. Unter dem Eindruck eigener Unfähigkeit und völliger Hilflosigkeit rechnet er mit der Kraft eines allmächtigen Gottes in den Herzen derer, die Sein Eigentum geworden sind.

Der Glaube tut das alles von ganzer Seele und nach allem Vermögen. Völlig und ganz vertraut er der Verheißung, daß Gott alles in Seine Hand nehmen und ihm seine Hoffnung und Erwartung Tag und Nacht erhalten wird. Er anerkennt die untrennbare Einheit zwischen Gottes Verheißungen und Seinen Geboten und sucht diese zu erfüllen und jenen zu vertrauen.

Nun kann aber das Streben nach der Kraft eines solchen Glaubens dadurch gehemmt werden, daß der Glaube – obgleich er sich darnach sehnt und darum ringt – mit ihr nicht zu rechnen vermag. Da ist es überaus wichtig, daß der Glaube erkennen lernt, daß es auf Gott zu harren und geduldig auf das zu warten gilt, was Gott tun wird. Ein solcher Zustand sollte immer zu einer klaren Entscheidung führen, die Gott beim Wort nimmt, die Erfüllung Seiner Verheißungen begehrt und dann auch in völligem Dunkel damit rechnet, daß Gott Sein Wort einlöst.

Das Glaubensleben, dem die Verheißung der bleibenden Gegenwart gegeben ist, muß unser Wesen völlig beherrschen. Die tägliche Erfahrung der bleibenden Gegenwart Christi ist ein so großes Vorrecht, daß unser Wesen sich von vielem lösen lassen muß, was vorher durchaus erlaubt war, damit Christus wirklich unser Herr, unser treuer Freund, die Freude und das Licht unseres Lebens sein kann. Diesem Glauben ist es verheißen, die Worte des Meisters: «Siehe, ich bin bei euch alle Tage!» in ihrer ganzen Tiefe zu erfahren.

✳

Die Missionsbotschaft des Johannes

✳

*«Was wir gesehen und gehört haben, das verkündigen wir
euch, auf daß auch ihr mit uns Gemeinschaft habt; und
unsere Gemeinschaft ist mit dem Vater und mit Seinem
Sohn Jesus Christus»*
(1. Joh. 1, 3)

Hier wird uns eine göttliche Auslegung der Berufung eines Predigers des Evangeliums zuteil. Seine
Verkündigung darf die frohe Botschaft enthalten,
daß Christus den Weg gebahnt hat, damit gewöhnliche Menschen tägliche, lebendige, innige Gemeinschaft mit dem heiligen Gott haben können. Diese
Botschaft soll er als ein Zeuge verkündigen, der
die herrlichen Erfahrungen dieses Lebens persönlich kennt. Die Vollmacht seines Zeugnisses soll als
Beweis dafür dienen, daß sündige, irdische Menschen mit dem Vater und dem Sohn tatsächlich Gemeinschaft haben können.

Dann wird uns auch gezeigt, welches die erste
Pflicht eines Predigers oder Missionars sein soll. Er
selbst muß jeden Tag seines Lebens in solch inniger
Verbindung mit Gott stehen, daß er das Wort mit
überströmender Freude und im Bewußtsein verkündigen kann, daß sein ganzer Lebenswandel für die
Wahrheit Seiner Verkündigung zeugt. So kann er
mit Vollmacht zu seinen Zuhörern sagen: «Und solches schreiben wir euch, auf daß eure Freude völlig
sei!» (V. 4.)

In einem Artikel über den Einfluß der Keswick-
Konferenz*) auf die Missionsarbeit wurde das We-

sentliche ihrer Botschaft wie folgt umschrieben: «Sie betont die Wichtigkeit einer ununterbrochenen Lebensgemeinschaft mit Gott in Christus durch rückhaltlose und dauernde Anerkennung des Rechtsanspruches Christi an die ganze Persönlichkeit. Ferner beruht sie auf der Gewißheit, daß der lebendige Christus von einem Ihm so völlig ausgelieferten Leben Besitz ergreifen wird.» Solche Verkündigung, die durch die Kraft des Heiligen Geistes den unbegrenzten Anspruch der Liebe Christi offenbart, wird die Menschen ermutigen und nötigen, das Maß der Hingabe Christi für sie zur alleinigen Richtschnur ihrer Hingabe an Ihn und Seinen Dienst zu machen.

In dieser verborgenen Gemeinschaft mit Christus – dem Geheimnis gesegneten Dienstes und Zeugnisses – liegt die Kraft, Christus als den Befreier von Sünde und Wegbereiter für ein Leben der völligen Hingabe an Seinen Dienst zu verkündigen.

Dieser innigen, bleibenden Gemeinschaft mit Christus gilt die Verheißung: «Siehe, ich bin bei euch alle Tage!» Solche Zusicherung braucht jeder Missionar und muß sie in Anspruch nehmen; denn ohne die bleibende Gegenwart Christi kann er sich nicht jene geistliche Frische bewahren, die die Menschen, mit denen er in Berührung kommt, zu beeinflussen vermag.

⨯

*) Keswick, Stadt in Mittelengland, wo seit 1875 alljährlich im Sommer Heiligungskonferenzen durchgeführt werden.

Die Missionsbotschaft des Paulus

✳

«Haltet an am Gebet ... und betet zugleich auch für uns,
auf daß Gott uns eine Tür des Wortes auftue, zu reden das
Geheimnis Christi ..., auf daß ich es offenbare,
wie ich soll reden»
(Kol. 4, 2–4)

«Das Geheimnis ... nun offenbart Seinen Heiligen, denen
Gott gewollt hat kundtun, welcher da sei der herrliche
Reichtum dieses Geheimnisses unter den Heiden, welches ist
Christus in euch, der da ist die Hoffnung der Herrlichkeit»
(Kol. 1, 26. 27)

Paulus hatte die feste Überzeugung, daß das Zentrum und der Hauptinhalt seines Evangeliums der innewohnende Christus sei. Darum konnte er auch sprechen vom «herrlichen Reichtum dieses Geheimnisses – Christus in euch, die Hoffnung der Herrlichkeit». Noch nach Jahren des Dienstes am Evangelium bat er um Fürbitte, damit er dieses Geheimnis recht verkündigen könne.

Vielfach hört man hinsichtlich der Eingeborenenkirchen die Klage, daß nach einer gewissen Zeit ein Stillstand eintrete und so wenig Freude und Kraft zum Zeugnis für Jesus Christus zu spüren sei. Daraus ergibt sich die Frage, ob denn die Kirchen zu Hause auch wirklich aus der Erfahrung des innewohnenden Christus leben, so daß auch ihre hinausziehenden Söhne und Töchter dieses Geheimnis kennen und es zum Hauptinhalt ihrer Lehre und Verkündigung machen.

Vor einigen Jahren reiste einer unserer Pfarrer auf ein Missionsfeld zum Besuch der dortigen Stationen. Vor seiner Abreise fragte er in einer kleinen Gebetsversammlung, welches der Inhalt seiner Botschaft sein sollte. Der Wunsch wurde laut, in seinen Botschaften an Christen möchte er die völlige Erlösung betonen, damit in vielen Herzen die lebendige Erfahrung des innewohnenden Christus zu brennen beginne. Nach seiner Rückkehr bestätigte er, mit welch tiefem Interesse diese Wahrheit aufgenommen worden sei, und wie viele bekannt hätten, sie bisher nie richtig verstanden zu haben.

Schon vor längerer Zeit bekannte einer unserer führenden Christen, es scheine, die Kirche habe die Wahrheit des innewohnenden Christus verloren. Wohl sprechen wir über die Missionsmethoden des Paulus; aber wäre seine Missionsbotschaft, die in das einzige Wort zusammengefaßt werden kann: «Christus in euch, die Hoffnung der Herrlichkeit» nicht noch wichtiger? Paulus spürte die Notwendigkeit starker Fürbitte zur klaren Ausrichtung seiner Botschaft. Ist das nicht ein Aufruf an alle unsere Missionsfreunde, ja sogar an unsere lieben Missionare, sich die Vollmacht zu erbitten, anderen Christen aus innerster Erfahrung heraus zum Genuß ihres rechtmäßigen Erbes zu verhelfen? «Wer mich liebt, der wird mein Wort halten, und mein Vater wird ihn lieben, und wir werden zu ihm kommen und Wohnung bei ihm machen!»

✳

Das Leben des Missionars

✳

«Des seid ihr Zeugen und Gott, wie heilig und gerecht und
unsträflich wir bei euch, die ihr gläubig waret,
gewesen sind»
(1. Thess. 2, 10)

Mehr als einmal benützte Paulus den Gläubigen gegenüber sein eigenes Leben als Vorbild. So sagt er
im 2. Korintherbrief (Kap. 1, 12): «Denn unser
Ruhm ist dieser: das Zeugnis unseres Gewissens,
daß wir in Einfalt und göttlicher Lauterkeit, nicht
in fleischlicher Weisheit, sondern in der Gnade
Gottes auf der Welt gewandelt haben, allermeist
aber bei euch.» Schon Christus erteilte Seinen Jüngern durch Sein Leben mindestens so viele Lektio-
nen wie durch Seine Gespräche. Und auch Paulus
versuchte, ein lebendiger Zeuge alles dessen zu sein,
was er über Christus predigte: daß Er fähig sei, zu
erretten, vor Sünde zu bewahren, durch die Kraft
des Heiligen Geistes die menschliche Natur umzu-
wandeln und das Leben derer zu werden, die an
Ihn glauben.

Ein Missionsrapport enthielt einst folgende Bemerkung: «Leider müssen wir gestehen, daß im Leben unserer Vertreter auf dem Feld – weil sie das
sind, was wir aus ihnen machen – Christus, dem sie
doch ihr Leben geweiht haben, damit Er sich durch
sie verherrliche, wenig sichtbar wird. Denn nur in
dem Maß, als Christus im Leben eines Missionars
Gestalt gewinnt, wird er willige Ohren für das Evangelium finden. Das Verständnis der Heiden für

seine Botschaft hängt eng zusammen mit dem Zeugnis seines eigenen Lebens.»

Man achte darauf, wie der Hinweis auf sein heiliges, gerechtes und untadeliges Leben Paulus den Mut verlieh, hohe Anforderungen an seine Bekehrten zu stellen! Im gleichen Brief ruft er sie auf, Gott darum zu bitten, daß «ihre Herzen gestärkt werden und untsräflich seien in der Heiligkeit vor Gott» (1. Thess. 3, 13). Ferner (Kap. 5, 23. 24): «Der Gott des Friedens heilige euch durch und durch; Er wird's auch tun!» Auch den Philippern schreibt er (Kap. 4, 9): «Welches ihr auch gelernt und gehört und gesehen habt an mir, das tut; so wird der Gott des Friedens mit euch sein.» Und im 1. Timotheusbrief Kap. 1, 14–16: «Es ist aber desto reicher gewesen die Gnade unseres Herrn samt dem Glauben und der Liebe, die in Christo Jesu ist ... zum Vorbild denen, die an Ihn glauben sollten zum ewigen Leben.»

Laßt uns daran glauben, daß in den Sätzen: «Christus lebt in mir»; «Ich lebe aber, doch nun nicht ich» Paulus von einer tatsächlichen, göttlichen, bleibenden Innewohnung Christi sprach, die Stunde um Stunde das in ihm wirkte, was vor dem Vater gefällig war. Und laßt uns nicht ruhen, bis auch wir sagen können: «Der Christus des Paulus ist auch mein Christus! Seine Missionarsausrüstung ist auch die meinige!»

✳

Der Heilige Geist

✳

«Derselbe wird mich verklären; denn von dem Meinen
wird Er's nehmen und euch verkündigen»
(Joh. 16, 14)

Als die Jünger von ihrem Herrn das Wort empfingen: «Siehe, ich bin bei euch alle Tage», war
ihnen dessen volle Bedeutung noch verborgen. Doch
als sie an Pfingsten mit dem Heiligen Geist getauft
wurden, zog auch der verherrlichte Christus in ihren
Herzen ein, und von da an begann für sie ein Leben in der Freude Seiner bleibenden Gegenwart.

Alle unsere Bemühungen um ein Leben der ununterbrochenen Gemeinschaft mit Christus werden
vergeblich sein, wenn wir uns der Macht und Innewohnung des Heiligen Geistes nicht völlig ausliefern. Überall in der christlichen Kirche fehlt der
Glaube an den Heiligen Geist und an das, was Er
uns als Gott ist, was Er aus uns machen kann, und
wie völlig und uneingeschränkt Er unsere ganze
Seele in Besitz nehmen will. All unser Glaube an
die Erfüllung der herrlichen Verheißungen Christi,
daß der Vater und der Sohn kommen und bei uns
Wohnung nehmen werden, ist an eine Bedingung
geknüpft: an ein Leben der völligen, ununterbrochenen Hingabe an die Führung des Geistes Jesu
Christi.

Niemand sage, die tägliche, bleibende Erfahrung
der Gegenwart Christi sei ein Ding der Unmög-
lichkeit. Christus verlieh Seinen Worten ewige Gül-

tigkeit. Auch Seine Verheißungen: «Wer mich liebt,
der wird von meinem Vater geliebt werden, und
ich werde ihn lieben und mich ihm offenbaren, und
wir werden zu ihm kommen und Wohnung bei ihm
machen» sind vollkommene göttliche Wahrheit und
müssen als solche ernst genommen werden. Doch
kann diese Wahrheit erst dann erprobt werden,
wenn der Geist in Seiner Macht als Gott erkannt
und Ihm Glaube und Gehorsam geschenkt wird.
Was Christus im 14. Kapitel des Johannesevange-
liums sagt, bezeugt auch Paulus, wenn er sagt:
«Christus lebt in mir» oder Johannes: «Daran erkennen wir, daß wir in Ihm bleiben und Er in
uns, daß Er uns von Seinem Geist gegeben hat.»

Christus kam als Gott, um uns mit dem Vater
bekannt zu machen, und der Heilige Geist kam als
Gott, um den Sohn in uns zu verklären. Wir müssen verstehen lernen, daß der Geist als Gott eine
völlige Unterwerfung unserer ganzen Persönlichkeit
beansprucht, aber in uns auch alles wirken wird,
was Christus von uns fordert. Der Geist ist es, der
uns von der Macht des Fleisches befreien und jede
Macht der Welt besiegen kann. Durch den Geist
wird uns auch die Erfüllung der wunderbaren Verheißung Christi zuteil: «Siehe, ich bin bei euch alle
Tage!»

✳

Erfüllt mit dem Heiligen Geist

✳

«Werdet voll Geistes, redet untereinander in Psalmen und
Lobgesängen und geistlichen Liedern, singet und spielet dem
Herrn in euren Herzen und saget Dank allezeit für alles»
(Eph. 5, 18–20)

Wenn sich der Ausdruck «Werdet voll Geistes» nur
auf die Pfingstgeschichte beziehen würde, dürften
wir natürlicherweise annehmen, es handle sich dabei
um etwas Besonderes, nicht für das gewöhnliche
Leben Bestimmtes. Aber unser Textwort lehrt uns,
daß dieses Wort an jeden Christen gerichtet ist und
auch unserem Alltag gilt.

Zum besseren Verständnis wollen wir uns vor
Augen halten, was der Heilige Geist im Leben Jesu
bedeutet und unter welchen Bedingungen Er Ihn
als Menschensohn empfangen hat. Jesus empfing
den Heiligen Geist, als Er betete und sich durch
die Sündertaufe Gott zum Opfer darbrachte. In der
Kraft des Heiligen Geistes fastete Er vierzig Tage
und opferte die Bedürfnisse des Leibes, um frei zu
sein für die Gemeinschaft mit dem Vater und für
den Sieg über Satan. Auch als der Böse Ihn im aus-
gehungerten Zustand dazu verleiten wollte, zur Stil-
lung Seines Hungers Seine Vollmacht zu gebrau-
chen und aus Steinen Brot zu machen, weigerte Er
sich, darauf einzugehen. Zeit Seines Lebens stand
Er unter der Leitung des Geistes, bis Er sich durch
den ewigen Geist Gott ohne allen Fehl zum Opfer
darbrachte. In Christus wirkte der Geist Gebet, Gehorsam und Opfer.

Das Gleiche gilt auch für uns. Wer Christus nachfolgen und so gesinnt sein will, wie Er gesinnt war,
muß sich nach der Fülle des Geistes ausstrecken,
die zu einem Leben des Gehorsams, der Freude, der
Selbsthingabe und der Vollmacht zum täglichen
Dienst nötig ist. Wohl mag es Gelegenheiten geben,
bei denen die Fülle des Geistes in besonderer Weise
offenbar wird. Aber täglich und stündlich in der
Gemeinschaft mit Christus zu bleiben, das Fleisch
und die Welt zu überwinden, mit Gott ein Leben
des Gebets und mit den Menschen ein solches des
demütigen, heiligen und fruchtbaren Dienstes zu
leben, dazu braucht es die Leitung des Heiligen
Geistes.

Vor allem aber kann Jesu Wort: «Siehe, ich bin
bei euch alle Tage!» nur soweit verstanden und
persönlich erprobt werden, als wir mit dem Heiligen
Geist erfüllt sind. Niemand denke, das sei zu hoch,
das führe zu weit. «Was bei den Menschen unmöglich ist, das ist bei Gott möglich!» Wenn wir das
Ziel auch nicht auf einmal erreichen, so können wir
doch unsere Gebete und Erwartungen kindlich gläubig darauf ausrichten. Jesu Verheißung: «Siehe, ich
bin bei euch alle Tage!» gilt für den Alltag und nur
mit der sicheren und allgenugsamen Hilfe des guten
Heiligen Geistes, von dem Jesus gesagt hat: «Wer
an mich glaubt, von des Leibe werden Ströme des
lebendigen Wassers fließen.» Unser Glaube an Christus bestimmt das Maß unserer Geistesfülle; das
Maß unserer Geistesstärke aber wird durch unsere
Erfahrung Seiner Gegenwart bestimmt.

Das Leben Christi

✳

«Christus lebt in mir»
(Gal. 2, 20)
«Christus, euer Leben»
(Kol. 3, 4)

Christi Leben war mehr als Seine Lehre, mehr als Sein Werk, ja sogar mehr als Sein Tod. Sein Leben vor Gott und den Menschen gab dem, was Er sagte, tat und litt, seinen eigentlichen Wert. Dieses durch die Auferstehung verklärte Leben verleiht Er nun Seinem Volk und gibt ihm die Kraft, es vor den Menschen auszuleben.

«Dabei wird jedermann erkennen, daß ihr meine Jünger seid, so ihr Liebe untereinander habt.» Diese neue Bruderschaft ließ sowohl Juden als Griechen aufhorchen. Christi Jünger schienen über eine übernatürliche Kraft zu verfügen; denn sie waren lebendige Zeugen dessen, was sie verkündigten, nämlich daß Gottes Liebe herabgestiegen sei und von ihnen Besitz genommen habe.

Immer wieder wird betont, wie wichtig es sei, daß ein Missionar das christusähnliche Leben selbst auslebe, sonst bleibe ihm in seiner Arbeit das tiefste Geheimnis der Vollmacht und des Erfolges verschlossen. Christus sandte Seine Jünger mit dem Befehl hinaus: «Bleibet, bis daß ihr angetan werdet mit Kraft aus der Höhe» und «Ihr werdet die Kraft des Heiligen Geistes empfangen und meine Zeugen sein bis an das Ende der Erde!» Mancher Missionar hat erfahren, daß nicht Wissen, Opfer oder die Willigkeit zur eigenen Hingabe im Dienste Christi, sondern die tief innerliche Erfahrung des mit Christus verborgenen Lebens in Gott ihn fähig gemacht hat, Schwierigkeiten entgegenzutreten und zu meistern.

Alles hängt davon ab, daß unser Leben mit Gott in Christus in Ordnung ist. So war es bei Christus, so war es bei den Jüngern, so war es bei Paulus. Die schlichte, aber innige Vereinigung des Lebens Christi mit dem unseren hält einen Menschen in der Eintönigkeit seines Alltags aufrecht, macht ihn zum Überwinder über sich selbst und über alles, was sich dem Leben Christi in ihm entgegenstellt, und verleiht ihm den Sieg über die Mächte der Finsternis und über die Herzen, die von bösen Geistern befreit werden müssen.

Auf dieses Leben kommt alles an. So war es bei Jesus Christus, so muß es bei Seinen Dienern sein. Und so kann es auch sein, weil Jesus Christus in uns zu wohnen verheißen hat. Als Er die Worte sprach: «Siehe, ich bin bei euch alle Tage!», meinte Er nichts weniger als: Jeden Tag und den ganzen Tag bin ich bei dir, ich bin das Geheimnis deines Lebens, deiner Freude, deiner Stärke!

O daß wir die verborgenen Schätze, die in den gesegneten, uns so vertrauten Worten: «Siehe, ich bin bei euch alle Tage!» liegen, doch besser erkennen möchten!

Das christusähnliche Leben

✳

«Ein jeglicher sei gesinnt, wie Jesus Christus auch war»
(Phil. 2, 5)

Welches war denn Christi Gesinnung? «Obwohl in göttlicher Gestalt, nahm Er Knechtsgestalt an und ward an Gebärden als ein Mensch erfunden; Er erniedrigte sich selbst und ward gehorsam bis zum Tode am Kreuz.» Selbstentäußerung und Selbsthingabe, Gehorsam gegenüber dem Willen Gottes und Liebe zu den Menschen, bis zum Tode am Kreuz, sind einige Seiner Charakterzüge, um deretwillen Gott Ihn so hoch erhöhte. Er nahm Menschengestalt an, damit wir dem Ebenbild Gottes gleichgestaltet werden könnten.

Völliger Verzicht auf ein eigenes Leben, ja sogar die Bereitschaft zum Tod, damit Gottes Wille erfüllt und Menschen gerettet werden könnten, kennzeichnen das Leben Jesu. «Die Liebe sucht nicht das Ihre», das kann man von Jesu Leben sagen. Gott zu gefallen und die Menschen zu segnen war Sein einziger Lebenszweck.

Niemand wage zu denken, das sei zu schwer für uns. «Was bei den Menschen unmöglich ist, das ist bei Gott möglich.» Wir sind dazu berufen, mit «Furcht und Zittern» Christi Gesinnung zu erstreben, denn «Gott ist's, der in uns wirkt beides, das Wollen und das Vollbringen, nach Seinem Wohlgefallen». Gott, von dem Christus sagt, daß Er es sei, der die Werke durch Ihn wirke, wirkt auch in uns das Wollen und Vollbringen.

Es ist für einen Missionar von großer Wichtigkeit, daß das Evangelium, das er zur Nachahmung empfiehlt, in ihm selbst Gestalt gewonnen hat. Nur soweit seine Bekehrten ihm Christi Gesinnung abspüren, wird ihnen seine Botschaft ganz verständlich sein. Wie oft haben unsere Vertreter auf dem Feld – weil sie das sind, was wir aus ihnen gemacht haben – die Gesinnung Christi, dem sie ihr Leben geweiht, verborgen gehalten. In dem Maß, als es der Heimatkirche gelingt, Christi Gesinnung zur Grundlage der charakterlichen Anforderungen an christliche Lehrer zu machen, werden unsere Missionare wieder in der Lage sein, den Bekehrten zuzurufen: «Seid unsere Nachfolger, gleichwie wir Christi!»

Laßt uns nicht ruhen, bis wir im Glauben die Verheißung festhalten können: «Gott ist's, der in uns wirkt.» Wie die Gesinnung Christi jedem Missionar als Offenbarung anvertraut ist, so wird ihm auch die Kraft geschenkt, diese hohe und heilige Berufung auszuleben. Möchten Pfarrer und Missionare und alle Fürbitter dieses große Ziel vor Augen behalten und nach der Gesinnung trachten, die in Jesus Christus war!

✳

Christus: Die Nähe Gottes

❊

«Nahet euch zu Gott, so naht Er sich zu euch»
(Jak. 4, 8)

Jemand hat gesagt, Gottes Heiligkeit bilde die Brücke zwischen Gottes unendlichem Abstand von dem sündigen Menschen und Seinem unendlichen Nahesein in Seiner erlösenden Gnade. Der Glaube muß sich mit beidem, sowohl mit dem Ferne- als mit dem Nahesein, auseinandersetzen.

In Christus ist Gott dem Menschen nahe, sehr nahe gekommen. Und nun gibt Er den Befehl: Wenn ihr wollt, daß Gott euch noch näher komme, müßt ihr euch Ihm nahen! Jesu verheißene Nähe: «Siehe, ich bin bei euch alle Tage!» kann man nur erfahren, wenn man sich Ihm naht.

Das will als erstes heißen, daß wir uns Ihm zu Beginn eines jeden Tages neu ausliefern, damit Seine heilige Gegenwart auf uns ruhen kann. Zweitens fordert es ein freiwilliges, bewußtes und aufrichtiges Sich-Abwenden von der Welt, ein Auf-Gott-Harren, damit Er unserer Seele begegnen kann. Unsere Hingabe an Zeit, Kraft und Leben wird es Gott erlauben, sich uns zu offenbaren. Ohne tägliche, praktische Übung und ein kindliches Vertrauen in Sein Wort: «Nahet euch zu Gott, so naht Er sich zu euch!» wartet man umsonst auf Jesu bleibende Gegenwart.

Ferner braucht es die schlichte, kindliche Bereitschaft, Gottes Willen zu tun und Ihm in allem wohlzugefallen. Seine Verheißung bleibt bestehen:

«Wer mich liebt, der wird mein Wort halten; und mein Vater wird ihn lieben, und wir werden zu ihm kommen und Wohnung bei ihm machen.»

Daraus erwächst die ruhige Glaubenszuversicht – auch wenn man Seine Gegenwart weder fühlt noch spürt –, daß Gott mit uns ist und daß Er, wenn wir hinausgehen, um Seinen Willen zu tun, uns bewahren und, was noch mehr ist, unseren inneren Menschen für die uns anvertrauten Aufgaben mit göttlicher Kraft stärken wird.

Liebes Gotteskind! Laß die Worte: «Nahet euch zu Gott, so nahet Er sich zu euch!» jeden Morgen neu zu dir sprechen. Übe dich in Geduld, so wird Jesus in göttlicher Vollmacht zu dir sagen: «Siehe, ich bin bei euch alle Tage!»

Liebe

✳

«Wie Jesus die Seinen geliebt hatte, die in der Welt waren,
so liebte Er sie bis ans Ende»
(Joh. 13, 1)

Mit diesen Worten wird das heilige, bis in die Tiefen der Ewigkeit reichende, vertrauliche Gespräch eingeleitet, das Jesus mit Seinen Jüngern wenige Stunden vor Seinem Weggang nach Gethsemane führte (Johannesevangelium Kap. 13–17). Diese Kapitel enthalten die Offenbarung und umfassendste Auslegung der durch Jesu Tod am Kreuz enthüllten göttlichen Liebe.

Zuerst spricht Jesus vom neuen Gebot: «... daß ihr euch untereinander liebet, wie ich euch geliebt habe» (Joh. 13, 34) und fährt ein wenig später fort: «Liebet ihr mich, so haltet meine Gebote! Wer mich liebt, der wird von meinem Vater geliebt werden, und ich werde ihn lieben und mich ihm offenbaren ... und wir werden zu ihm kommen und Wohnung bei ihm machen» (Joh. 14, 15. 21. 23). In diesem neuen, himmlischen Leben in Jesus Christus soll sich die Liebe Gottes in Christus entfalten können. – Und dann etwas später: «Gleichwie mich mein Vater liebt, also liebe ich euch auch. Bleibet in meiner Liebe! So ihr meine Gebote haltet, so bleibet ihr in meiner Liebe ... Das ist mein Gebot, daß ihr euch untereinander liebet, gleichwie ich euch liebe. Niemand hat größere Liebe denn die, daß er sein Leben läßt für seine Freunde» (Joh. 15, 9–13). «Damit die Welt erkenne, daß du mich gesandt hast und liebest sie, gleichwie Du mich liebst. Und ich habe ihnen Deinen Namen kundgetan ... auf daß die Liebe, damit Du mich liebst, sei in ihnen und ich in ihnen» (Joh. 17, 23. 26).

Kann es noch deutlicher gesagt werden, daß Gottes Liebe zu Christus auf uns übertragen werden soll, damit die Liebe, mit der der Vater den Sohn liebte, in uns wohne? Jesus Christus kann sich keinem Menschenherzen offenbaren, das nicht in Liebe für Ihn brennt. Wenn wir nach Seiner bleibenden Gegenwart in uns verlangen, kann das nur auf Grund einer zarten, liebenden Beziehung zwischen Christus und uns geschehen; einer Liebe, die in dem Glauben wurzelt, daß Gottes Liebe zu Christus in uns wohnt und sich im Gehorsam gegenüber Seinen Geboten und in Liebe zu dem Nächsten äußert.

Man weiß, daß die Urgemeinde diese erste Liebe bald verlassen und durch den Glauben an die Werke ersetzt hat (Offb. 2, 2–4).

Ohne heilige, lebendige Liebe kann Christi bleibende Gegenwart und die Tiefe der göttlichen Liebe, die in der Verheißung: «Siehe, ich bin bei euch alle Tage!» ihren Ausdruck findet, nicht erfahren werden.

※

Von der Anfechtung und vom Sieg des Glaubens

✲

«Jesus sprach zu ihm: Wenn du könntest glauben! Alle
Dinge sind möglich dem, der da glaubt. Und alsbald schrie
des Kindes Vater mit Tränen und sprach: Ich glaube,
lieber Herr; hilf meinem Unglauben!»
(Mark. 9, 23. 24)

Welch herrliche Verheißung: «Alle Dinge sind
möglich dem, der da glaubt!» Aber gerade die
Größe der Verheißung wird dem Glauben zur Anfechtung. Zuerst haben wir Mühe, sie für wahr zu
halten. Sobald wir sie aber erfaßt haben, kommt die
eigentliche Anfechtung in dem Gedanken, daß ein
solch wunderwirkender Glaube unser Vermögen
weit übersteige.

Aber bald verwandelt sich die Anfechtung in
einen Sieg. Wie geht das zu? Als Christus zum Vater des Kindes sagte: «Wenn du könntest glauben!
Alle Dinge sind möglich dem, der da glaubt»,
fühlte sich dieser zuerst in noch tiefere Hoffnungs-
losigkeit gestoßen. Wie konnte sein Glaube solch
ein Wunder vollbringen? Aber als er in Jesu Angesicht blickte und Sein Auge voll zarter Liebe sein
Herz berührte, spürte er, daß dieser Segensmensch
nicht nur die Kraft besaß, sein Kind zu heilen, sondern ihm selbst auch die nötige Glaubenskraft zu
schenken. Der Eindruck, den Christus auf ihn
machte, bewirkte nicht nur das Wunder der Hei-
lung, sondern auch seine Glaubensfähigkeit. Und so

schrie er mit Tränen: «Ich glaube, lieber Herr, hilf meinem Unglauben!» So groß die Glaubensanfechtung gewesen war, so groß war nun der Glaubenssieg.

Welch eine Lektion! Was uns am meisten berührt, ist die Tatsache, daß auch wir zu solchem Glauben fähig werden können. Christi bleibende Gegenwart ist eine Sache des Glaubens. Dieser Glaube wird der Seele geschenkt, die Christus anhangt und Ihm vertraut. So gewiß uns Seine bleibende Gegenwart alle Tage verheißen ist, so gewiß will Er uns auch den Glauben schenken, der diese Verheißung in Anspruch nimmt und erfährt. Gesegnete Stunde, in der der Gläubige sowohl im Blick auf den Glauben als auf den verheißenen Segen seine völlige Abhängigkeit von Christus erkennt. Daß wir uns im Bewußtsein des in unserem Innern sich noch regenden Unglaubens völlig der Vollmacht und Liebe Christi anvertrauen möchten: «Ich glaube, lieber Herr, hilf meinem Unglauben!»

Solche Anfechtung und solcher Sieg – manchmal ist es ein Sieg über die Verzweiflung – öffnen uns die Tür zu unserem Erbe, der bleibenden Gegenwart dessen, der zu uns spricht: «Siehe, ich bin bei euch alle Tage!» – Laßt uns zu Seinen Füßen ausharren, bis uns Sein Segen zur Gewißheit geworden ist. «Ich vermag alles durch den, der mich mächtig macht, Christus!» (Phil. 4, 13).

✳

Überschwengliches Tun

❊

«Dem aber, der überschwenglich tun kann über alles, was
wir bitten oder verstehen, nach der Kraft, die da in uns
wirkt, dem sei Ehre in der Gemeinde, die in Christo Jesu
ist, zu aller Zeit, von Ewigkeit zu Ewigkeit! Amen»
(Eph. 3, 20. 21)

Dieses wunderbare Gebet des Paulus ist ohne Zweifel der erhabenste Ausdruck eines Lebens, das ein
Gläubiger durch Gottes Macht erlangen kann. Doch
Paulus gibt sich noch nicht zufrieden. Sein Lobpreis
steigt immer höher und ruft auch uns auf, den
Gott, «der überschwenglich tun kann über alles, was
wir bitten oder verstehen», zu rühmen und zu
preisen.

Laßt uns einen Augenblick bei dem Wort «überschwenglich» stehen bleiben und über Worte wie
die folgenden nachdenken: «Die teuren und überschwenglich großen Verheißungen»; «... die überschwengliche Größe Seiner Kraft an uns, die wir
glauben nach der Wirkung Seiner mächtigen Stärke, welche Er gewirkt hat in Christus, da Er Ihn
von den Toten auferweckt hat» (2. Petr. 1, 4; Eph.
1, 19). Stelle dir die Gnade unseres Gottes als eine
überschwengliche Fülle des Glaubens und der Liebe
unseres Herrn Jesus Christus vor; darum erweist
sie sich — wo die Sünde mächtig geworden ist —
als noch viel mächtiger. Paulus ruft uns auf, den
Gott zu loben, der «überschwenglich tun kann über
alles, was wir bitten oder verstehen» nach der Wirkung Seiner mächtigen Stärke in uns. Noch heute

besitzt sie die gleiche Kraft wie damals, als Christus von den Toten auferweckt wurde. Unsere Herzen dürfen wissen, daß Gott imstande ist, in uns etwas zu wirken, das weit über dem steht, was wir zu bitten oder zu verstehen vermögen. Dies gibt uns die Freudigkeit, in den weltumspannenden Lobpreis Gottes einzustimmen: «Ihm sei Ehre in der Gemeinde, die in Christo Jesu ist, zu aller Zeit, von Ewigkeit zu Ewigkeit! Amen.»

Paulus beginnt sein großes Gebet mit den Worten: «Ich beuge meine Knie vor dem Vater» und endigt es, indem er uns alle auf die Knie bringt, um den Gott anzubeten, der jede Seiner Verheißungen erfüllt, Christus unseren Herzen als den Innewohnenden offenbart und uns dieses Leben, das uns mit allerlei Gottesfülle erfüllt, zu bewahren vermag.

Liebes Gotteskind! Beuge dich in tiefer Ehrfurcht vor Gott und rühme Seinen Namen, bis dein Herz es weiß: «Mein Gebet ist erhört, Jesus Christus wohnt durch den Glauben in meinem Herzen.» Im Glauben an diesen allmächtigen Gott und an die überschwengliche Größe Seiner Gnade und Kraft erkennen wir, daß die bleibende Innewohnung Christi im Herzen der Gläubigen das Geheimnis Seiner bleibenden Gegenwart ist.

✳

Das vorliegende Bändchen ist ein Teil der Schriftenreihe
von

Andrew Murray

über das Thema

«Geheimnisse des christlichen Lebens»

Sie umfaßt 12 Bändchen in Taschenformat
unter folgenden Buchtiteln:

Jeder Teil-Band mit 31 Tages-Betrachtungen ist inhalt-
lich in sich abgeschlossen und einzeln erhältlich. Für
Geschenkzwecke besonders geeignet ist die Gesamt-
ausgabe im farbigen, attraktiven Schuber.

Brunnen Verlag · Basel und Gießen